CONCEPTION GRAPHIQUE : L'BB

ISBN 2-203-11737-0

AVENTURES

Yvon Mauffret

La clé

illustré par Ginette Hoffmann

ROMANS
casterman
HUIT & PLUS

1

Il est six heures du soir. On est en plein hiver, et la nuit est tombée. Il ne fait pas froid, mais de minuscules gouttes de pluie tombent du ciel noir et se transforment en perles lumineuses quand elles passent dans le halo du réverbère.

La rue est déserte. Le quartier est neuf, un peu endormi : le supermarché qui s'est installé à deux kilomètres d'ici n'a pas permis à des petits commerçants d'ouvrir boutique. Les gens vont faire leurs courses en voiture, et puis ils rentrent chez eux, sans flâner.

Juste sous le réverbère, se tient une petite fille de huit ans, neuf peut-être, sûrement pas plus. Elle lève son petit nez et ses nattes blondes en direction d'une maison aux volets verts, et de temps en temps elle renifle, comme si elle allait se mettre à pleurer.

La voilà qui fait trois pas en direction de la porte : elle s'empare de la poignée, la pousse, la tire, comme si elle voulait l'arracher. Puis elle hausse les épaules, se recule, reprend sa faction sous le réverbère.

Les gouttes de pluie sont de moins en moins minuscules ; elles tombent, de plus en plus drues. La petite fille frissonne ; elle est sortie sans imperméable, elle croyait en avoir pour deux minutes, et d'ailleurs il ne pleuvait pas.

Surtout ne pas pleurer. « Les larmes, ça ne sert à rien », lui a souvent répété sa maman. C'est vrai, sans doute, mais là…

À nouveau elle esquisse un pas en direction de la porte, et s'arrête aussitôt. À quoi bon ! Elle a déjà essayé une dizaine de fois. Quand une porte est fermée, elle est fermée. Il n'y a qu'à la télévision qu'on voit les super-héros les enfoncer d'un coup d'épaule.

Des bruits de pas qui se rapprochent. C'est un

vieux monsieur qui tient un basset en laisse. Il arrive à la hauteur d'Amélie : son regard se pose une seconde sur elle, et puis se détourne. Il disparaît dans la pluie.

Amélie tente de s'abriter en se collant à la maudite porte. Combien de temps va-t-elle rester ainsi ? Ce matin, sa maman l'a prévenue :

« Ma poussinette, je rentrerai très tard ce soir. On est sur un très gros projet, ultra urgent, comme d'habitude. Ne compte pas sur moi avant huit heures, huit heures et demie au mieux. »

Amélie regarde sa montre : six heures et demie ! Jamais elle ne va tenir aussi longtemps ! Mais que faire ? Il faudrait sans doute aller chercher la police, ou les pompiers, mais Amélie n'a aucune idée de l'endroit où ils peuvent se trouver.

Non. Le mieux est encore d'attendre. Peut-être que Maman pourra se libérer plus tôt qu'elle ne le pensait. Elle saura ce qu'il faut faire !

Soudain, un sifflement bouscule le silence. Un sifflement aigu et joyeux qui s'amplifie peu à peu. Une silhouette courtaude apparaît : un garçon d'une douzaine d'années, un drôle de bonnet enfoncé jusqu'aux oreilles, le corps enfoui dans un ciré jaune de marin un peu trop grand. Il arrive à la hauteur d'Amélie et brusquement s'arrête.

— Ben, qu'est-ce que tu fais là ?
Il sourit largement, et Amélie ne peut s'empêcher de remarquer qu'il a une dent cassée, sur le devant. Elle trouve le détail plutôt rassurant ; un garçon qui siffle, qui sourit et qui est brèche-dent ne doit pas appartenir à cette redoutable catégorie des « voyous » dont maman lui a recommandé de se garder.

— Qu'est-ce que tu fais sous la pluie, sans rien sur le dos. Tu vas être trempée comme une soupe !
— Ben, j'attends, répond Amélie plutôt bêtement.
Il sifflote. Un petit sifflement aigu. Forcé-

ment, avec cette moitié de dent qui lui manque, c'est facile !

— Je ne peux pas rentrer chez moi, explique-t-elle enfin. Je suis sortie et j'ai claqué la porte derrière moi, en laissant la clé à l'intérieur.

— Il n'y a personne chez toi ?

C'est à son tour de poser des questions idiotes ! Amélie hausse les épaules.

— Non, mon père voyage en province, et ma mère ne rentrera pas avant huit heures.

— De toute façon, si tu as laissé la clé dans la serrure, ta mère non plus ne pourra pas ouvrir la porte.

Ça, Amélie n'y avait pas songé.

— Qu'est-ce que je peux faire alors ? gémit-elle.

Bien campé sur ses jambes, le garçon examine la situation.

— Comme dit mon pater, murmure-t-il, il y a une solution pour chaque problème. Reste à la trouver !

— Tu ne connais pas l'adresse d'un serrurier ?

Il fait la moue.

— Il y a bien le père Louche-à-droite. Mais il paraît qu'il perd la main de plus en plus. Et puis après six heures, il est rarement à jeun !
— Il faut bien qu'il mange, soupire Amélie.
Le garçon la regarde, interloqué, puis éclate de rire.
— Ma pauvre fille, c'est pas de manger qu'il s'agit. Le père Louche-à-droite a plutôt tendance à lever le coude, si tu vois ce que je veux dire.
Amélie a horreur qu'on l'appelle « ma pauvre fille », et c'est d'un ton un peu pincé qu'elle réplique :
— De toute façon, tu n'es pas obligé de rester ici. Je suis capable de me débrouiller toute seule ; j'ai l'habitude.
Mais en elle-même, elle pense très fort : « Pourvu qu'il ne me laisse pas tomber ! »
Le garçon a repris son inspection de la maison. Son regard vif la parcourt de haut en bas, de droite à gauche.
— Dis donc, reprend-il au bout d'un moment, les fenêtres du premier sont bien fermées ?

— J'sais pas. Tout à l'heure j'ai ouvert celle de ma chambre, pour l'aérer. Je l'ai refermée, mais je ne me rappelle plus si j'ai tourné la poignée. Peut-être que non.
— Mais peut-être que oui !
— Je ne peux pas te dire.
Il fait la moue.
— C'est gai, soupire-t-il. Enfin, on va tout de même essayer.
D'un geste un peu théâtral, il abandonne son grand ciré jaune, le tend à Amélie.

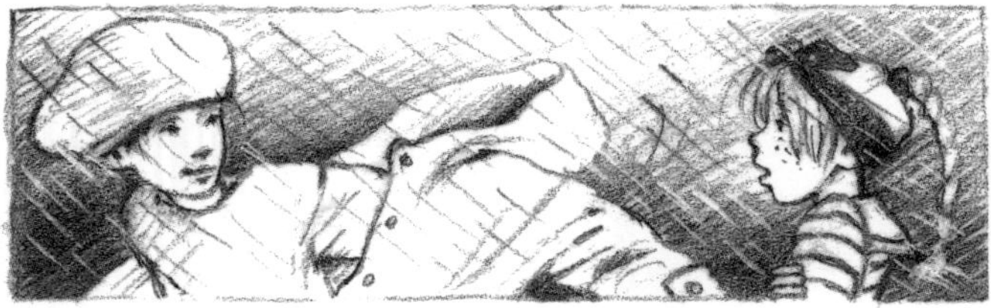

— Tiens, mets-le, tu seras au sec.
— Qu'est-ce que tu vas faire ?
— Je vais aller voir si les fenêtres sont ouvertes.
— Tu es fou !
Il désigne la gouttière de zinc qui recueille la pluie du toit et descend le long de la façade.

— Avec ça, je devrais pouvoir y arriver !
— Mais tu vas te casser la figure.
— Peuh ! J'en ai vu d'autres... Mes copains, souvent, ils m'appellent le Matou. Parce que je retombe toujours sur mes pattes, comme les chats. T'en fais pas, ma grosse, ça va bien se passer !
Et Amélie est tellement terrorisée qu'elle ne s'offusque même pas de s'entendre appeler « ma grosse ». Alors que d'habitude, elle aurait sûrement sorti ses griffes.
— Bon, on y va, dit-il. Et ne reste pas dessous. On ne sait jamais !
Il prend la gouttière à deux mains, tire dessus de toutes ses forces.
— Ça devrait tenir, dit-il.
Amélie le regarde, fascinée.
Pas étonnant qu'on l'appelle le Matou ! Il se sert de la moindre aspérité, faisant travailler tour à tour ses bras et ses jambes, sans effort apparent, tout en souplesse. Maintenant il a dépassé la hauteur de la porte, il arrive au niveau des fenêtres du premier.

— Ça va ?
— Ça va !
Le plus difficile reste à faire. Entre la gouttière et le rebord de la fenêtre, l'espace est en effet assez grand. Il va falloir qu'il lance son pied dans le vide et qu'il tâtonne jusqu'à ce qu'enfin il retrouve un appui.
— Attention !
— T'en fais pas.
Amélie a fermé les yeux, une seconde. Quand

elle les ouvre à nouveau, il achève son rétablissement. Il a réussi !

« De toute façon, se dit Amélie, si la fenêtre est fermée, il n'aura qu'à casser un carreau ; je raconterai à maman ce qui s'est passé. »

Mais la fenêtre s'ouvre tout doucement sous la poussée du garçon.

— Victoire, rugit-il. Attends-moi, je vais t'ouvrir.

Il a dû dévaler l'escalier quatre à quatre, car quelques secondes après la porte de la rue, la maudite porte, s'ouvre enfin.

— Et voilà, Princesse, dit le garçon, en s'écartant cérémonieusement pour la laisser passer. Vous êtes ici chez vous !

Amélie regarde autour d'elle : tout est propre, tout est à sa place.

Elle se sent tranquillisée, rassurée et presque réchauffée, bien qu'elle soit trempée jusqu'aux os.

Maintenant qu'il est sous l'éclairage fluorescent, elle peut l'examiner en détail. Il a des cheveux noirs comme du cirage, un nez un peu écrasé, des oreilles décollées, mais il sourit gentiment. Amélie trouve l'ensemble plutôt sympathique. Après ce qu'il a fait pour elle, c'est assez normal.

— Assieds-toi, dit-elle, je vais t'offrir un jus de fruits. Qu'est-ce que tu préfères ? Raisin ? Ananas ? Pamplemousse ?

— Ce que tu veux, dit-il.

Pendant qu'elle s'affaire, il regarde la cuisine où ils sont installés. Maman et Amélie en sont très fières. Machines à laver le linge, la vaisselle, réfrigérateur, cuisinière, tout est aligné dans un ordre impeccable.

— Ben dis donc, siffle le garçon, c'est vachement impec chez toi !

— Ma mère aime bien ce qui est moderne.

Il réfléchit deux secondes puis il ajoute, pensif:

— Tu parles toujours de ta mère, jamais de ton père. Pourquoi ?

— Parce que mon père n'est pas souvent là. Tu comprends, il est représentant de commerce dans le Sud-Ouest, alors il ne peut pas remonter tous les jours ici.

— Pourquoi vous n'allez pas habiter là-bas ?
— Parce que ma mère a son travail ici. Elle travaille dans une agence de publicité. Si elle allait à Bordeaux, elle perdrait son job.
Il commence à l'agacer avec ses questions. Parce que justement, Amélie aussi se les est posées souvent, très souvent. Pourquoi ne voit-elle son papa qu'aux week-ends, et encore pas tous ? Pourquoi maman doit-elle partir aux aurores et ne rentrer que tard le soir ? Bien sûr, il faut bien qu'ils gagnent de l'argent, mais Amélie envie les autres filles de sa classe qui, lorsqu'elles rentrent chez elles, sont attendues.
Elle décapsule une bouteille de jus de fruits.
— Attends, je vais chercher un verre !
— Pas la peine.
Il préfère boire au goulot.
— Ouf ! dit-il, ça fait du bien.
Il s'essuie la bouche d'un revers de main énergique.

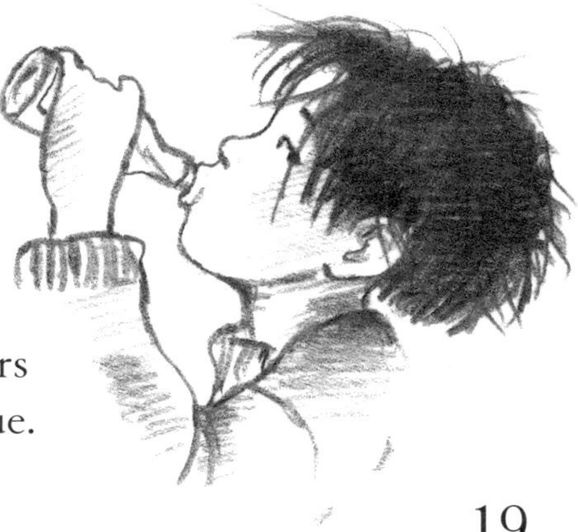

— Va falloir que je rentre, dit-il.
— Où tu habites ?
Il a un geste vague de la tête.
— Oh, là-bas, au bout de l'avenue, du côté de la rivière.
Il remet son ciré, enfonce son drôle de bonnet sur ses cheveux noirs.
— J'sais même pas comment tu t'appelles, dit-il.
— Amélie. Et toi ?
— Narcisse. Et je te défends de rire !
— C'est joli, Narcisse !
— Tu parles ! J'ai dû me bagarrer pas mal avant que les copains arrêtent de se moquer de moi.
— C'est un nom de fleur !
— C'est surtout le nom du père de mon père. C'est grâce à lui si mes parents m'ont appelé comme ça. De toute façon, tu peux m'appeler Matou. C'est mon nom de guerre.
— En tout cas, tu as été drôlement fort. Sans toi, je serais encore à poireauter sous la pluie.
Il hausse les épaules. Elle l'accompagne jus-

qu’à la porte d’entrée, redevenue une porte comme les autres.

— Peut-être qu’on se reverra, dit Amélie.

— Peut-être bien !

— Tu… Tu passes souvent par là ?

— Presque tous les jours.

— Alors, si tu veux, arrête-toi. Je suis toujours toute seule entre cinq et sept heures, souvent huit. On pourra bavarder un peu !

— Ben, c’est une idée. Salut, Amélie.

— Au revoir, Matou !

Comme si souvent, Amélie se retrouve seule. Mais elle a pour une fois envie de chanter.

2

NARCISSE n'est pas revenu tout de suite. Plusieurs jours ont passé depuis leur première rencontre. Amélie a attendu sa venue, attentive aux bruits de la rue, guettant son pas sur le trottoir. Elle a fini par se dire : « Il ne viendra pas. Il m'a oubliée. C'est normal, il a autre chose à faire. » Elle ne lui en veut pas, il ne lui doit rien. Tout de même, elle ne peut s'empêcher d'être déçue.

Sagement, elle a repris sa vie de petite fille solitaire dont les parents travaillent. Que faire d'autre ? Elle rentre, elle goûte, elle fait son travail, elle regarde la télé, elle lit, elle attend que maman rentre. Et comme d'habitude maman rentre épuisée, se laisse tomber dans

un fauteuil, soupire en caressant les cheveux d'Amélie.
— Ma pauvre poulette, ce n'est vraiment pas une vie !
Amélie serait assez de son avis. C'est une drôle d'existence, en effet, qu'ils mènent tous les trois : papa du côté d'Agen ou de Bordeaux, maman à son agence et elle, Amélie, qui chaque soir retrouve le silence d'une maison vide. Oh, elle est très raisonnable : « Une vraie petite maîtresse de maison », dit Madame Paul, la femme de ménage qui habite le quartier depuis toujours.
Tout de même, il y a des moments où ce n'est pas facile ! Quand il pleut dehors, quand la grande rue est absolument déserte, elle ne peut s'empêcher de ressentir un petit pincement là, juste au creux de l'estomac. Elle n'a pas peur, non, ce n'est pas ça ; la porte d'entrée a une serrure de sûreté, et un petit œilleton qui permet de reconnaître les visiteurs. Puis, il y a le téléphone : en cas de problème, elle peut appeler maman. Mais quand même, il y a des mo-

ments où les aiguilles de la pendule semblent arrêtées tellement elles vont doucement.
Quand ça va trop mal, Amélie joue aux « Dupont-Durand ». C'est une famille qu'elle s'est inventée, une famille très nombreuse, avec des grands-parents, un papa et une maman qui sont tout le temps à la maison, et des tas de frères et sœurs, au moins six ! Elle les aime bien tous, mais celle qu'elle préfère c'est Aline, qui a juste un an de plus qu'elle. Avec elle, pas de secrets, Amélie lui raconte tout, ses ennuis à l'école, ses rêves, ses regrets, tout ce qu'elle ne peut dire à personne.
— Tout de même, Aline, il aurait pu revenir nous voir, ce matou acrobate. Il l'avait promis !
— Bah, il aura eu autre chose à faire. On le connaît à peine, tu sais ! Il a déjà été très gentil de nous ouvrir la porte !
— D'accord ! Mais il aurait pu s'arrêter en passant. Quelques minutes, juste le temps de dire bonjour !
— Peut-être qu'il est malade ?
— Ça m'étonnerait. Ce n'est pas son genre !

— À force d'escalader, il s'est peut-être cassé une jambe !
— Il t'a dit qu'il est comme un chat, qu'il retombe toujours sur ses pattes !
— Alors, je ne sais pas…
— Ne cherche pas. Oublie-le, et viens plutôt jouer avec nous !
Les frères Dupont-Durand sont plutôt du genre casse-cou.
Il y a Nicolas qui est en sixième et qui a les cheveux roux, un vrai diable ! Il y a Clément, un peu plus jeune, qui l'accompagne sans hésiter dans toutes ses bêtises, et Renaud, le petit frère de cinq ans qui promet de marcher sur les traces de ses aînés. Avec eux, on n'a pas le temps de s'ennuyer. En jouant, Nicolas et Clément ont enfermé le petit frère dans la grande armoire du séjour, et ils n'arrivent plus à ouvrir la porte. Heureusement qu'Aline et Amélie sont là. Laurence, l'aînée des enfants qui vient d'avoir seize ans, s'en mêle à son tour.
— C'est fini ce tapage ! Vous m'empêchez de travailler.

À cet instant s'achèvent, provisoirement, les aventures de la famille Dupont-Durand, et Amélie se retrouve seule. Maman vient de sonner à la porte d'entrée, deux petits coups brefs, comme d'habitude ; Amélie court lui ouvrir, et lui saute au cou.

— Ma pauvre minette, quelle journée !... Hébrard était d'une humeur massacrante, pas à prendre avec des pincettes ! Et avec ça, Michaud était absent : il a la grippe, paraît-il. C'était à devenir folle !

Amélie a fini par connaître le nom des collègues de sa mère. Hébrard, c'est le chef d'agence, « un jeune qui a les dents longues ». Michaud c'est un dessinateur, il est venu plusieurs fois à la maison. Il a une grande barbe, des yeux bleus, et Amélie le trouve très gentil. Ce n'est pas une raison pour tomber malade en pleine « charrette ».

Charrette, c'est un mot qu'ils emploient à l'agence pour dire qu'ils sont débordés par un travail ultra urgent, un mot qui revient presque tous les jours !

— Je suis vannée ! soupire maman, en envoyant promener ses chaussures à travers la pièce.
Elle s'assied dans le vieux fauteuil, ferme les yeux quelques secondes.

— Et toi, mon Amélie, bonne journée ?
— Oui, maman. On a eu une dictée. J'ai tout su !
— Bravo, ma puce !
Maman s'extirpe péniblement du fauteuil, fait jouer ses articulations.
— Bon, je prépare le repas et puis à table ! dit-elle.

Moment précieux ! Moment unique. Pendant une heure, elles peuvent bavarder tranquillement. Maman oublie la fatigue de l'agence, Amélie la pesanteur de sa solitude.

— J'ai eu un coup de fil de ton père. Il est à Bayonne. Il ne rentre pas ce week-end. Mais dans quinze jours, il pourra prolonger jusqu'au mardi. Si je peux avoir mon samedi, on ira tous les trois voir la mer, à Honfleur !

Ça, c'est une bonne idée !

Ce soir-là Amélie s'endort avec des vagues plein la tête, et des goélands, tout blancs dans le soleil.

Il est revenu brusquement alors qu'elle commençait à l'oublier. Il était six heures, elle était en train de se battre avec les ensembles et leurs intersections quand il a sonné à la porte. Le temps de le reconnaître à travers l'œilleton, et elle lui a ouvert.

— Salut !

— Bonjour…

— J'te dérange ?

— Tu es fou. Au contraire ça me fait drôlement plaisir de te revoir.

Ce soir-là, il ne pleuvait pas, mais le vent du nord soufflait très fort. Le garçon avait troqué son ciré de marin contre une sorte de pelisse fourrée, peut-être un peu trop petite ; ses épaules avaient du mal à tenir dans l'espace qui leur était réservé.

— Tu peux enlever ta veste, si tu veux !

— D'accord, il fait chaud chez toi.

Tout naturellement ils se sont retrouvés à la cuisine, devant un verre de jus de fruits.

— C'est toujours aussi chouette ici, a-t-il murmuré.

— C'est comme d'habitude !

Il a bu son verre d'un coup et s'est essuyé les lèvres d'un revers de manche.

— Tu vas bien ? Tu n'as plus oublié tes clés ?
— Une fois ça suffit !
Le silence s'est installé entre eux. Un silence plutôt agréable. Ils étaient contents de se retrouver, voilà, et ils ne trouvaient pas les mots pour le dire.
— Je serais bien passé avant, a fini par dire Narcisse, mais j'ai dû aider mon père. En plus de ça, faut bien que j'aille à l'école, même si ça me rase.
— Tu es en quelle classe ?
Il a un geste vague de la main.
— Bof ! j'en sais trop rien, un CM quelconque je crois. Comme dit mon pater, l'école la plus importante, c'est l'école de la vie !
Matou ne s'est pas attardé, il était pressé, mais avant de partir il a demandé à Amélie :
— Demain, c'est mercredi. Qu'est-ce que tu fais ?
— Sais pas. Madame Paul vient le matin. Après, rien.
— Y'aurait peut-être mieux à faire ! a ironisé Matou. Si tu veux, je viens te chercher sur le

coup de deux heures, et puis je t'emmène chez moi. Tu verras mon pater, et puis ma mère, mon frangin, mes frangines, le chien. Tout le monde, quoi !

— Dis donc, vous êtes nombreux.

— Tu verras !... Parce que, c'est d'accord ? Tu viens !

— Pourquoi pas ? a dit Amélie.

Bien sûr, il a fallu en parler à maman.

— Ton copain, il est sûrement très sympa, mais enfin on ne connaît pas sa famille.

— Oh, maman !

Amélie a envie de lui dire : « Écoute, tu es obligée de me laisser toute seule durant des heures. Ce n'est pas de ta faute, je sais. Mais il faut bien que je me débrouille ! »

Maman a hoché la tête.

— Après tout, ma grande, tu es quelqu'un de raisonnable. Vas-y. Tu me raconteras !

Raconter ! La visite chez Matou allait tellement dépasser tout ce qu'elle pouvait supposer qu'Amélie aurait bien du mal, par la suite, à tenter d'en faire un simple résumé.

3

MATOU avait été d'une exactitude parfaite. À deux heures, très précises, il sonnait à la porte et Amélie était tellement certaine que c'était lui qu'elle n'avait même pas jeté un coup d'œil dans l'œilleton. Il y avait du soleil ce jour-là ; le garçon portait juste un gros pull d'un très joli vert épinard.

— T'es prête ?

— Ben oui !

— Alors, on y va.

Ils marchèrent longtemps, dans la grande avenue toute droite. Sans doute était-elle aussi triste que d'habitude, mais Amélie lui trouvait comme un air de fête aujourd'hui. Peu à peu les lotissements cédèrent la place à des grands ensembles, puis il y eut une sorte de zone indéfinie où des usines croulantes côtoyaient des bureaux flambant neufs.

— T'es pas fatiguée, Amélie ?

— Ça va !

— On arrive.

La grande avenue se transformait d'un coup en route à quatre voies et continuait vers on ne savait où. Amélie jeta un regard inquiet à Matou.

— T'en fais pas, on y est presque !

Il y avait une sorte de tunnel, assez étroit, qui passait sous la route, et puis on débouchait au bord de la rivière…

— Voilà, on y est, dit Matou avec une grande fierté.

Certes, la rivière n'avait aucune parenté avec un torrent de montagnes. L'eau, au lieu d'être verte ou bleue, et transparente, avait une couleur assez indéfinissable de cacao dans lequel on aurait mis du café au lait. Mais enfin, des arbres y poussaient encore, de vieux saules laissaient tremper dans l'eau leurs branches un peu défraîchies, des canards s'obstinaient à nager, en prenant tout de même bien garde de ne pas plonger.

Il y avait même une espèce de barque assez invraisemblable, qui tenait à la fois du piano à queue, de la caisse à savon et du fer à repasser, sur laquelle pagayaient gaiement une ribambelle de garçons et de filles.

— Ho ! Matou ! Tu viens avec nous ?

— Pas le temps, dit Matou, en agitant la main.

Cent mètres plus loin, la rivière disparaissait sous terre, canalisée par les hommes, mais ici, elle se souvenait encore un peu du temps des brochets et des nénuphars.

— C'est chouette, hein ? murmura Matou.

Sur les rives, un peu en retrait, il y avait un alignement de maisons… Enfin un rassemblement hétéroclite de demeures en tout genre, allant du vieil autobus transformé, jusqu'au pseudo-chalet suisse, en passant par le pavillon en dur. Tout au bout, les dominant de sa masse défraîchie, une sorte de villa début de siècle, qui avait dû avoir de la grâce au temps des crinolines, ne semblait plus tenir debout que par habitude.

— Ça, c'est ma maison, murmura Matou à mi-voix. Elle est belle, hein ?

Et c'est vrai qu'elle était belle. Vieille, mais belle. Un lierre envahissant l'enserrait en partie, soutenant l'enduit écaillé. Les volets étaient fraîchement repeints, mais de toutes les couleurs : il y avait un volet vert pomme, un

volet rose parme, un autre rouge sang-de-bœuf, un autre bleu des mers du Sud.
La maman d'Amélie aurait sans doute trouvé ça « effarant ». En fait c'était joyeux, un peu fou, et ça vous rendait heureux, d'un seul coup !
— C'est le pater qui a eu cette idée, dit Matou. Tu comprends, on avait des tas de vieux pots de peinture. Ç'aurait été dommage de les jeter.

Sur le côté de la maison, il y avait un enclos grillagé où caquetaient des poules blanches, où roucoulaient des pigeons. Un chat jaune faisait sa sieste, un chien court sur pattes se précipita vers eux en poussant des gémissements de joie.
— C'est Cause-Toujours, présenta Matou. C'est mon chien. Tu peux le caresser, il n'a jamais mordu personne ! Maintenant, dit Matou, je vais te présenter la famille.
Dans un grand atelier, au rez-de-chaussée, se tenait un homme d'une cinquantaine d'années, et qui avait exactement le même sourire que Matou.

— Ça, c'est le pater, dit le garçon. Et ça, p'pa, c'est Amélie, la fille qui avait perdu sa clé !
Deux yeux vifs dévisagèrent Amélie par-dessus les lunettes de fer.

— Salut à toi, Amélie. Puisque Narcisse t'a choisie comme amie, tu fais partie de la maison. Ce garçon a un jugement très sûr !
Ce n'est qu'après qu'elle s'aperçut qu'il était assis dans un fauteuil roulant et qu'il était infirme.

— Maintenant, on va embrasser ma mère !
La mère de Narcisse était dans une autre grande pièce, salle à manger-cuisine-salle de séjour, où voisinaient des meubles disparates et des objets hétéroclites. Elle était beaucoup

moins élégante que la maman d'Amélie, mais elle avait une voix toute douce, des gestes calmes, et des joues sur mesure pour les baisers…
Ce jour-là, tout se bouscula un peu dans la tête

d'Amélie : les frères et sœurs de Matou, aussi nombreux au moins que les Dupont-Durand, les voisins, le tonton Étienne, qui était patron de péniche ou quelque chose comme ça, le chien, le chat, les poules, les pigeons…

Elle rentra chez elle éberluée, épuisée et ravie. Pour une fois, sa maman ne rentra que quelques minutes après elle.

— Alors, puce, cette journée ?

— J'sais pas, maman… C'est comme si je sortais d'un film.

— Et ces gens, ils sont bien ?

— Oh, oui maman.

De cela, du moins, Amélie était certaine.

Les habitudes, ça se prend vite, surtout quand on les trouve bonnes. En quelques semaines, Amélie est devenue une familière de « la Rivière » et de ses habitants. Elle a fait la connaissance du père Louche-à-droite, le vieux serrurier sur lequel il vaut mieux en effet ne pas compter si l'on a perdu ses clés après six heures, de Double-Six le chiffonnier, d'Ahmed et Fatima Bel Kacem et de leur nombreuse famille, de monsieur et madame Lomon, retraités de la SNCF, de Francis, qui veut devenir historien. Certes, dans les maisons de la Rivière, on n'entend pas toujours un langage très châtié, la netteté du ménage laisse parfois à désirer, et madame Paul froisserait très certainement son gros nez si elle regardait sous les meubles. Mais il y a tellement de gentillesse, de solidarité, de joie de vivre !

Amélie, petite fille solitaire, découvre enfin les autres, et ça lui fait plaisir !

Puis surtout, surtout, il y a le Matou et toute sa famille. Le « pater », comme elle l'appelle à son tour, est d'une adresse stupéfiante. « Réparateur en tout genre », a-t-il fait écrire sur ses cartes commerciales, et c'est vrai qu'il est capable de tous les miracles : relier un livre, recoller une porcelaine cassée, rafistoler un vélo, remettre en marche une horloge ancienne. Amélie ne se lasse pas de voir ses doigts aller et venir, caresser un objet avant de le réparer. Son atelier est encombré d'une infinité de boulons, d'engrenages, de tiges de fer, de ressorts. « Ne rien jeter, tout peut servir, petite ! » dit-il en souriant.

Il est connu à des kilomètres à la ronde et se désole de devoir faire attendre le client. Il pratique des prix très raisonnables, mais franc par franc l'argent s'accumule dans le tiroir de la commode qui sert de caisse commune, et la mère a le sourire ; d'autant plus que Lulu, le grand frère de Matou, travaille comme mécanicien chez un concessionnaire de motos japonaises et qu'il participe à la cagnotte.

Chez les Métivier — c'est le nom de famille de Matou et des siens —, l'argent n'occupe d'ailleurs qu'une place secondaire. Pas de voiture (mais Lulu a rafistolé une vieille Kawa qui vrombit à merveille), pas de chaîne stéréo, pas de gadgets. Les vêtements ? Ils s'habillent surtout chez Double-Six qui tient à l'occasion boutique de friperie. En revanche, la table est solide, et les rôtis de bœuf que la mère dépose sur la table sont toujours d'une taille impressionnante et d'une tendreté parfaite.

— Quand on mange bien, on voit le monde avec indulgence, dit le pater. Allez petite, donne-moi ton assiette !

Maman a tenu absolument à se faire présenter le Matou. Amélie craignait un peu cette rencontre. Maman toujours si élégante, si soignée, allait peut-être tiquer devant les fringues bizarres du garçon et remarquer la propreté parfois un peu douteuse de ses ongles.

Mais non, tout s'est bien passé. Matou doit avoir un truc à lui. En tout cas, quand il sourit, personne ne peut lui résister !

Il est resté là tout le samedi après-midi ; il a discuté d'un peu de tout avec maman, citant souvent son « pater », évoquant les siens.

— Ma mère à moi, elle est d'origine grecque ; elle s'appelle Théopoulos, mais elle est née à Marseille et n'a jamais mis les pieds dans son pays d'origine. Peut-être que j'ai des cousins là-bas, des armateurs pleins de dollars, avec des yachts grands comme des paquebots. Un jour, il faudra que j'aille voir ça de plus près !

— Qu'est-ce que tu veux faire, plus tard ?

— J'sais pas. En tout cas un métier où je serai libre !

Matou a pris congé vers six heures du soir.

— Au revoir m'dame, ça m'étonne pas qu'Amélie soit aussi sympa, avec une mère comme vous !

Et très dignement il est parti.

— Alors ? a dit Amélie, quand la porte s'est refermée.

— Alors quoi ?

— Comment tu le trouves ?

— Ton copain Narcisse ?

— Qui veux-tu que ce soit !
Maman a fait semblant de réfléchir un moment.
— Je le trouve très bien, Amélie. C'est tout juste le genre d'ami qu'il te fallait.

Maintenant, Amélie n'a plus d'angoisse. Elle a mis les Dupont-Durand en vacances. Ses copains s'appellent Paulo et Dédé, les fils de Double-Six, Fatima, Rachid et Ali Bel Kacem, Maria dos Santos, Joaquim, tous les gosses de la Rivière. Surtout ils s'appellent le Pater, la Mère, Lulu, Mirabelle et Reine-Claude, les deux sœurs de Matou, et bien évidemment Matou lui-même.
Ce n'est pas qu'elle passe tout son temps là-bas. Elle continue de rentrer chez elle après la classe, de travailler, de jouer, d'attendre maman. La Rivière est trop éloignée pour qu'elle puisse y faire un saut, en passant. Elle n'y va que les mercredis, et parfois les samedis, lorsque maman a une « charrette » et que papa a dû rester dans le Sud-Ouest. Mais plus

jamais elle n'est seule comme avant, elle a quelqu'un à qui penser. Elle se dit : « Tiens, le Pater a dû finir de réparer cette vieille pendule toute noire avec un chinois doré », ou bien : « Le Matou m'a dit qu'il m'apprendrait à faire les pieds au mur. J'espère qu'il n'oubliera pas. »

Amélie, qui était presque trop raisonnable, fait maintenant de temps en temps des bêtises ; Amélie trop sérieuse rit aux éclats. Amélie la solitaire a changé. Quelque chose en elle qui l'étouffait s'en est allé comme par enchantement. Elle a trouvé la joie de vivre.

4

LES MOIS ONT PASSÉ, et maintenant c'est le printemps ; il y a des pâquerettes et des boutons-d'or qui ont poussé au bord de la rivière. Matou a montré à Amélie, en grand secret, un trou dans un vieux saule où une mésange charbonnière faisait son nid.

Ce dimanche-là, Amélie est restée à la maison. Papa est là et c'est la fête ! Ensemble ils ont joué aux dames et Amélie a gagné (peut-être que papa ne s'est pas défendu autant qu'il l'aurait pu). Maman a préparé un thé somptueux, avec des tas de gâteaux anglais et des confitures bizarres. Dans ces instants trop rares, la maison ressemble vraiment à une vraie maison.

Amélie était donc parfaitement heureuse, lorsque la nouvelle lui est tombée dessus.
— Merluche ! a dit papa (Merluche, c'est un nom à lui pour dire « Amélie »).
— Voui…
— Tu m'écoutes ?
Il a pris un air grave tout à coup.
— J'ai… J'ai une grande nouvelle pour toi… Une nouvelle qui devrait te faire plaisir. Voilà : je suis nommé directeur de notre agence de Bordeaux…
— Bravo, p'pa !
— Attends, ce n'est pas tout ! Je ne me déplacerai plus que rarement sur les routes. De son côté, maman a trouvé là-bas un travail à mi-temps dans une agence de publicité et pour finir, je viens de dénicher un bel appartement qui donne sur la Garonne. Donc, en septembre, nous irons vivre là-bas !
— Ah, bon ?…
Il y a quelques mois encore, Amélie aurait sauté de joie. Avoir son père tous les soirs à la maison, et sa maman presque tout le temps,

n'était-ce pas ce qu'elle souhaitait le plus fort ?...

Seulement voilà, maintenant, il y a ceux de la Rivière. Il y a Matou et tous les autres. Ne plus jamais les voir, ne plus canoter sur l'eau jaune, ne plus ramasser les œufs des poules, ne plus manger les pâtisseries de la Mère...

Ce n'est pas possible !

— Je... J'ai des devoirs à finir, bredouille Amélie.

Et elle s'enfuit dans sa chambre.

— Qu'est-ce qu'elle a ? murmure son père, décontenancé.

Maman hausse les épaules, un peu triste, tout de même.

— Je sais, François... C'est à cause de la Rivière. C'est devenu son monde à elle et elle est déchirée à la pensée de devoir le quitter. Mais ne t'inquiète pas trop : les gens de là-bas ont beaucoup de sagesse, les choses devraient pouvoir s'arranger.

...

— Ben, qu'est-ce que t'as ! Tu boudes ?
— Non.
— Tu vois pas ta tête ma pauvre fille… On dirait que t'as avalé un hérisson. T'as des ennuis ?
— Normalement, non.
Le Matou commence à s'impatienter.
— Qu'est-ce que ça veut dire « normalement », bougonne-t-il. T'as des ennuis, ou t'en n'as pas ?

Amélie n'a pu garder plus longtemps le secret qui l'étouffait : d'un trait, elle a tout raconté à Matou. Le départ en septembre pour Bordeaux, la nouvelle vie là-bas, la séparation…

— Je sais bien que je devrais être contente. Seulement voilà, vous êtes là !
Matou est resté silencieux. Machinalement, comme pour se donner une contenance, il a pris le chat jaune dans ses bras, l'a caressé longuement sous le menton, jusqu'à ce qu'il ronronne comme une cafetière.
— Viens, a-t-il enfin dit. On va voir mon père.
Bien sûr, le Pater était dans son atelier. Il finissait de remettre sa tête à une poupée de porcelaine. Quand il a vu entrer les enfants, il a repoussé sur son front ses lunettes cerclées de fer.

— Vous, a-t-il dit, vous avez des ennuis. Alors allez-y, je vous écoute.

Il y a des gens qui, sans rien dire, sans rien demander, ont le don de faire parler les autres. Le Pater est de ceux-là et Amélie a sorti tout ce qu'elle avait sur le cœur. Les mots sont venus tout seuls, bien en ordre, les uns après les autres.

— Voilà. Tout ce qui m'arrive, je l'ai tellement souhaité que je devrais être folle de joie. Alors je m'en veux d'être triste. Mais c'est de votre faute aussi... C'est parce que je vous connais, maintenant, et que je ne veux pas vous quitter !

Doucement, de ses doigts agiles, il a caressé les cheveux noirs de la poupée, l'a déposée doucement sur sa table, comme à regret, puis il a propulsé sa chaise roulante pour se rapprocher des enfants.

— Je vais te parler d'une belle journée de printemps d'il y a vingt-cinq ans, vingt-sept exactement, a-t-il dit à Amélie. Imagine-toi un jeune homme, pas mal, ma foi, plein de vie, plein de projets. Ce jeune homme vient de se marier avec une femme qu'il aime beaucoup, ils attendent un petit enfant pour l'automne. Il en est ravi, il chante à tue-tête, il avance d'un bon pas sur une petite route de campagne, une petite route toute blanche, toute droite, entourée de haies d'aubépine. Il a entendu une voiture derrière lui, il se range bien sur la droite, il s'apprête à saluer le conducteur d'un geste de la main. Et puis, un grand choc, la chute dans une sorte de trou noir. Quand il reprend conscience beaucoup plus tard, il est sur un lit d'hôpital, et juste après, il apprend qu'il a perdu à jamais l'usage de ses jambes, qu'il est infirme pour la vie…

— C'est toi, p'pa… murmure le Matou.

— Bien sûr, et je ne vais pas m'étendre sur le sujet. Mais c'est simplement pour dire à Amélie que sur le coup je me suis dit : « Jamais, je ne pourrai oublier mes jambes, mes bonnes et solides guibolles, mes amies de toujours. » Et c'est vrai, il m'arrive d'y penser encore, vingt-sept ans après. Mais je n'en ai plus le regret, j'ai appris à vivre sans elles. Tout comme toi, ma petite Amélie, tu vas apprendre à vivre sans nous !

— Mais vous, vous êtes vivants !

— Mes jambes aussi l'étaient. D'ailleurs, tu as raison, ce n'est pas tout à fait pareil. Toi, tu peux te dire que tu reviendras nous voir, que peut-être Narcisse ira à Bordeaux te rendre visite, que la vie un jour te rapprochera à nouveau de nous !

— Bien sûr, mais…

— Mais tu es triste de nous quitter. C'est normal. Nous aussi nous aurions aimé te garder…

— C'est vrai ! dit le Matou.

— Pourtant, il y a une chose que je voudrais te dire encore. Avant de connaître la Rivière, tu étais une petite fille solitaire. Maintenant, que tu ailles à Bordeaux, à Nice ou à Pékin, tu ne le seras plus jamais. Tu as découvert les autres, tu sais maintenant qu'il suffit d'un sourire, d'un geste, d'une parole, pour sortir de la solitude. Tu comprends ?

— Je… je crois, dit Amélie.
— Je suis sûr qu'à Bordeaux il y a des tas de gens qui t'attendent. Ils ne le savent pas encore, mais quand tu arriveras, ils se diront : « Tiens, mais c'est Amélie, elle en a mis du temps pour venir jusqu'à nous ! », et bien vite ils deviendront tes amis.
— Ce n'est pas si facile que ça ! murmure Amélie.
— Mais si, je t'assure !
— Si je n'avais pas oublié la clé dans la serrure, je ne vous aurais jamais rencontrés !
Le Pater hoche la tête en souriant.
— Je n'irai pas jusqu'à te recommander de recommencer l'expérience, mais tu verras, les choses se feront toutes seules. Allez, sauvez-vous maintenant, j'ai promis de terminer cette poupée pour ce soir, et vous le savez bien, je n'aime pas manquer de parole envers mes clients !
Amélie et Matou se sont retrouvés dehors, au bord de la rivière. Pour une fois, le calme régnait : Les Bel Kacem, Paulo et Dédé

Double-Six, Maria dos Santos et Joaquim étaient partis au cinéma.
— De toute façon, a dit Matou, je m'arrangerai bien pour te revoir…
— Je dirai à mes parents de t'inviter pour les vacances…
— Et puis toi, tu pourras venir à la Rivière !
— Oui, peut-être !
— Et puis tu auras ton père, tous les soirs, et ta maman beaucoup plus souvent qu'ici.
— Ben oui !
Le Matou a essayé de siffloter mais, chose curieuse, il n'y parvenait pas bien. L'émotion sans doute.
Alors il a secoué sa tignasse.
— Bon, c'est pas tout ça, a-t-il dit, on va aller voir le nid de la mésange. Peut-être que les petits sont nés. On a encore plein de temps avant ton départ, et il faut en profiter !
— Oui.
— On a toute la vie devant nous, Amélie… Toute la vie !

Avant d'être écrivain, **YVON MAUFFRET** était marin. Tout juste passé le cap de la trentaine, Yvon Mauffret décide de vivre de sa plume ; il publie son premier texte en 1957. Comme l'attestent beaucoup de ses romans pour la jeunesse (*Le Mousse du bateau perdu, Pour un petit chien gris, Une amitié bleu outremer,* Rageot, *Pépé la Boulange,* L'École des loisirs), Yvon Mauffret aime autant les récits d'aventures que les histoires de rencontres et d'amitié. Après avoir vécu plusieurs années à Paris, Yvon Mauffret est retourné dans sa Bretagne natale ; il habite désormais dans la presqu'île de Rhuys, pas très loin de la mer.

Ancienne élève de l'École des arts décoratifs de Strasbourg, **GINETTE HOFFMANN** a longtemps été l'illustratrice de la collection « Des enfants dans l'histoire » (Casterman). Si ses dessins reposent sur une solide recherche documentaire, elle a cependant toujours gardé un style très personnel pour ses personnages. Depuis quelques années, Ginette Hoffmann se consacre surtout à l'illustration de contes et de romans.

TABLE DES CHAPITRES

ROMANS

HUIT & PLUS

AVENTURES

Nadine Brun-Cosme
DES PAS DANS MON CIEL BLEU
illustré par Pef

Yvon Mauffret
LA CLÉ
illustré par Ginette Hoffmann

Michel Piquemal
PETIT NUAGE
illustré par Jean-Michel Payet

Paul Thiès
L'ÉCOLE DES SORCIERS
LA RENTRÉE DES SORCIERS
AU FEU, LES SORCIERS !
illustrés par Véronique Deiss

COMME LA VIE

Gilles Fresse
L'OREILLE DU LOUP
illustré par Walther Lalonde

Sandrine Pernusch
MON JE-ME-PARLE
illustré par Ginette Hoffmann

Niklas Rådström
ROBERT'
illustré par Bruno Heitz

HUMOUR

Évelyne Brisou-Pellen
LE GRAND AMOUR DU BIBLIOTHÉCAIRE
LE MONSTRE DU CM1
illustrés par Véronique Deiss

Achim Bröger
BON VOYAGE, FLOCKI !
JOYEUX NOËL, FLOCKI !
BON ANNIVERSAIRE, FLOCKI !
illustrés par Gisela Kalow

Stéphane Daniel
LE SECRET DE MONSIEUR VERLAN
illustré par Jean-Marie Renard

Didier Dufresne
MILLE SAPINS !
illustré par Bill Marshall

Jo Hoestlandt
LES AMOUREUX DE LÉONIE
illustré par Sophie Toussaint

Fanny Joly
FOUS DE FOOT
LA GRANDE MÉCHANTE LOU
illustrés par Christophe Besse

Ian Whybrow
50 JOURS POUR DEVENIR
PARFAITEMENT MÉCHANT
illustré par Tony Ross

MYSTÈRE

Hubert Ben Kemoun
LE COUPABLE HABITE EN FACE
illustré par Philippe Chauvet

François Guiguet
LE TRUC DE NAÏK
illustré par Serge Bloch